AF336644

LIVRAISON.

# LES VOIX

DE

# LA RÉPUBLIQUE,

## NÉMÉSIS DE 1848.

PAR L'AUTEUR DES

## MYSTÈRES DE L'INQUISITION

### (V. DE FERÉAL),

50 Liv.                    2 vol. in-8°.                    A 25 c.

UNE LIVRAISON PAR SEMAINE.

<hr>

# PARIS,

CHEZ MARTINON, DUTERTRE, GARNIER FRÈRES,
MICHEL LEVY FRÈRES, ÉDITEURS;
Chez tous les Marchands de Nouveautés;
ET AU BUREAU, RUE D'ENGHIEN, 12.

## 1848.

# A LA LIBERTÉ.



Nous, soldat toujours prêt de la sainte croisade,
Qui pour les droits sacrés dresse sa barricade;
Prêtre de la pensée, au pied de ton autel,
Nous portons aujourd'hui notre encens solennel.
Nous aussi, dans les jours de trouble et de tourmente,
Sommes resté fidèle à notre chaste amante.

1

Lorsque le despotisme, au regard ombrageux,
Proscrivait nos écrits, libres et courageux ,
Nous avons été ferme et calme dans la lutte.
Malgré l'orage auquel notre nom fut en butte,
Nous n'avons pas cessé, populaire écrivain,
Notre rude labeur. Ce ne fut pas en vain !
Du peuple la faveur récompensa le zèle (1)
De celui qui toujours, à son culte fidèle,
Prophète de bonheur et de prospérité,
Ne chanta que la paix, l'honneur, la liberté.


Liberté ! que ton nom rayonnant et splendide
A ce nouveau travail daigne servir d'égide.
J'ai grandi sous ton ombre, il aura plus de prix :
J'y trouverai des chants à ton école appris,


(1) 40,000 exemplaires des *Mystères de l'Inquisition*, vendus en moins d'une année, ont prouvé de quelle manière éclatante le peuple fait justice. La proscription dont le gouvernement déchu avait frappé cet ouvrage ne fit que le rendre plus populaire.

Des mots plus doux encore à l'âme qu'à l'oreille.
Puisse, en les écoutant, ce peuple qui s'éveille,
Ce peuple ivre d'amour qui se presse au *forum*,
Qui, de ton nom si pur s'est fait un *labarum*,
Retrouvant ton esprit dans ma faible parole,
Faire de la vertu son éternel symbole !

# PREMIÈRE VOIX.

## LE TRIOMPHE.

Un jour la grande émeute aux voix tempêtueuses
S'éleva; puis, semblable à des vagues houleuses,
Entraînant avec elle hommes, pavés, canons,
Sur l'heure improvisa d'immenses bataillons.
On entendit ces mots : *Sauvons notre Patrie !*
Et, comme le torrent qui s'enfle, gronde et crie,
Alors qu'une avalanche est tombée en son lit,
Le peuple, à la faveur des ombres de la nuit,

Le peuple réuni, formidable phalange ,
Terrible, furieux et les pieds dans la fange,
Combattit en criant, de ses cent mille voix :
A bas le despotisme ! il ne faut plus de rois !


Il s'exprimait ainsi, fier et beau de colère !
C'est que pour soulever ce torrent populaire,
Dans son onde limpide, aux doux reflets d'azur,
On avait amassé tant de limon impur,
Tant de corruption pendant dix-huit années,
Que ces eaux, à la fois, en un jour déchaînées,
Montant comme une écluse au faîte d'un palais,
Devaient, dans leur courant, entraîner à jamais
La royauté déchue, idole sans prestige,
Pour qui ne naîtront plus des siècles de prodige.
Colosse vermoulu qui, les pieds hors du sol,
A, pour dernier hochet, conquis un parasol.


Trois heures ont suffi ! Trois heures immortelles !..
Tout avait disparu de ces âmes rebelles,

Aveugles de l'esprit, incrustés dans le mal,
Dont le règne odieux, comme un astre fatal,
En de néfastes jours se leva sur la France,
Présage de douleur, de honte et de souffrance.


    Gloire te soit rendue, à toi, peuple vainqueur,
Tu n'étais qu'endormi ; tu retrouves du cœur
Alors que la patrie, en un instant suprême,
A besoin que ton bras la sauve d'elle-même.
Gloire ! car cette fois tu n'es pas mort en vain ;
Tu n'as pas ramassé les pavés du chemin
Pour en faire un pavois à l'orgueil d'une tête.
Nul ne viendra ravir ta nouvelle conquête.
Tes bras victorieux, par la poudre noircis,
Ont travaillé pour tous ; tes mains n'ont point assis
Sur un trône encore chaud, un vieillard hypocrite
Qui règne pour lui seul !.. Tu ne vas plus si vite...
Dans ton intelligence, un nouveau jour a lui,
O peuple ! il te faut mieux que *des mots* aujourd'hui.
Il te faut de ces faits, palpables et sublimes,
Capables de combler les plus profonds abîmes ;

Il te faut de grands cœurs ardents à te servir ;
Purs médecins de l'âme ! eux seuls savent guérir ;
Il te faut une voix intelligente et douce
Qui te conduise au but, sans larmes, sans secousse ,
Qui te lie au devoir des chaînes de l'esprit,
En parlant seulement comme fit Jésus-Christ.
Gouverner par la force ! éphémère puissance !
La force ! elle est en toi ! Mais la reconnaissance,
L'amour, guide sacré qui ne peut égarer,
Voilà, voilà les dieux que tu sais adorer.


Le joug de la vertu te fut toujours facile ;
A ses douces leçons on te trouve docile,
Toi, qui malgré tes maux, devant un âtre froid,
Dans ton humble réduit, toujours si près du toit,
Souvent, faute du pain qui nourrit l'indigence,
Cherches un aliment à ton intelligence.
Car tu lis, même alors que tu ne manges pas !
Noble peuple ! tu fis de sublimes repas
En ces jours trop récents de mortelle atonie,
Où, voyant d'un œil sec ta cruelle agonie,

Les riches, dieux du jour, au cœur bardé de fer,
Te laissaient sans pitié dans ce terrestre enfer,
Réservant pour eux seuls le monopole immense
Qui bientôt eût tari les veines de la France.


La misère est souvent un mauvais conseiller :
On dort mal quand on a la faim pour oreiller.
A semer l'injustice on récolte la haine.
Malheur donc à celui qui, sans se mettre en peine
Des souffrances d'autrui, s'enveloppe d'orgueil,
Et se couvre de fleurs quand le peuple est en deuil !
Malheur à qui, le jour des publiques colères,
Manque pour s'appuyer de l'amour de ses frères.
L'égoïsme glacé, qui toujours marche seul,
Méprisé des humains, a l'oubli pour linceul.


Trop longtemps cette lèpre a dévoré la terre,
Et semé parmi nous la discorde et la guerre.
L'avare, qui s'enferme au sein de son trésor,
Meurt de faim et de soif au milieu de son or ;

Et l'aveugle pouvoir qui du peuple s'isole,
Comme une feuille morte au moindre vent s'envole.


Marchons donc aujourd'hui dans un commun accord,
O mon pays ! c'est là ce qui te rendra fort.
Plus d'égoïsme froid, de mesquines colères.
Les ennemis d'hier aujourd'hui sont des frères.
Pour atteindre la gloire avec sécurité
Chacun doit s'appuyer sur la FRATERNITÉ,
Sans cela, point de force ; en vain nos bras débiles
S'armeraient pour garder nos cités et nos villes.
Oui, la seule vaillance à qui rien ne fait peur,
La seule qui soit vraie, est la force du cœur,
La magnanimité qui triomphe et pardonne,
Qu'on porte une houlette ou bien une couronne,
Qu'on l'ait blessée au vif du glaive ou de la voix ;
Car entre deux partis elle n'a point de choix :
Absoudre ou condamner. Elle absout pour sa gloire,
La vengeance jamais ne souille sa victoire.
Peuple ! douter de toi, serait te faire affront,
Tu veux des lauriers purs pour en parer ton front.

Si des gouttes de sang sur eux perlent encore,
C'est le sang du combat, vermeil comme l'aurore :
Mais au jour qui te luit il s'efface emporté
Au soleil du bonheur et de la liberté.


Que le calme aujourd'hui renaisse dans ton âme;
Tourne au bien ce courage et cette vive flamme
Que le ciel mit en toi, don céleste et sacré ,
Noble et sublime instinct, de l'homme révéré.
A ce nouveau creuset que ta vertu s'épure;
Sois ferme et confiant; ne crains plus l'imposture
D'avides gouvernants. Tes amis dévoués,
Lamartine, Marrast sont largement voués
A tes destins futurs. Ledru-Rollin, les autres,
Qui ne sait pas leurs noms? tous sont de vrais apôtres.
Ils portent sur leurs fronts, de fatigue pâlis,
Ces sublimes pensers que tous les jours tu lis
Dans les mille journaux que ton impatience
Attend chaque matin et dévore d'avance.
Ils t'ont donné leur vie avec tant de grandeur !
Toi, modère à ton tour cette fiévreuse ardeur,

Cette soif d'avenir, fille de la souffrance;
Un jour ne suffit pas pour sortir de l'enfance.


Dans le vide, creusé par un règne oppresseur,
Ils jettent leurs travaux… toi, jette ta douceur.
L'avenir récompense avec pleine largesse
La Longanimité, fille de la Sagesse.
Attends ! chaque journée aura son résultat :
C'est une nation et non plus un Etat
Qu'on gouverne en ton nom; il faut d'autres mesures.
Plus on voit au timon des mains fortes et pures,
Plus on les doit aider d'un patient effort;
On ralentit l'horloge à briser le ressort.
Travaillons : le travail surtout est nécessaire
Pour que chacun de nous reçoive son salaire.
Au temps qui mûrit tout laissons suivre son cours.
Dieu seul a pu créer le monde dans sept jours.
Son esprit éternel veille sur la patrie,
Il protège celui qui l'adore et le prie !

. . . . . . . . . . . . . . . .

Du passé qui n'est plus détournons nos regards;
O peuple ! il est pour toi de célestes hasards.

Quand paraît sur la terre un fléau qui menace,
C'est que Dieu, notre père, est près de faire grâce.
Peuple, réjouis-toi ; peuple, le sang versé
Est, pour les nations, largement compensé.
Le sang de nos martyrs, c'est la sainte rosée ;
Notre France par lui sera fertilisée.
Les pères sont tombés, les fils récolteront ;
Et dans le monde entier, tous les peuples diront :
Que bien grand fut en nous le courage civique
Qui d'un royaume impur fit une République !..

Paris, le 1<sup>er</sup> Mars 1848.

# DEUXIÈME VOIX.

## LA CURÉE AUX PLACES.

Alors que de l'été les brûlantes haleines
Commencent à dorer les moissons dans les plaines ;
Que l'oiseau dort, bercé sur de frêles rameaux ;
Pendant que retentit, au faîte des ormeaux,
Le cri sauvage et sourd de l'obscure cigale,
Monotone refrain que nul autre n'égale ;

Que les frêles bluets, par la brise effeuillés,
S'effacent lentement dans l'or mouvant des blés ;
Comme l'on voit au ciel s'effacer les étoiles
Quand la nuit en fuyant laisse tomber ses voiles,
Et que les blonds épis, espoir de l'avenir,
Pleins d'un lait nourricier s'empressent de jaunir,
Tout respire à la fois la paix et l'abondance.
Le laboureur ému, le cœur plein d'espérance,
S'arrête avec amour ; il comtemple, charmé,
Le rayonnant aspect du champ qu'il a semé :
Il suppute, pensif, la récolte prochaine.
De gerbes, de faisceaux, il voit sa grange pleine,
Compte les serviteurs que son grain va nourrir
Et les infortunés qu'il pourra secourir...
Puis s'éloigne à pas lents, bercé de ce doux rêve
Que souvent sur sa lèvre une prière achève.


Mais voici qu'un matin sur ces champs bien-aimés
S'abattent par milliers des oiseaux affamés.
Engeance paresseuse, et partant plus vorace,
Pillards industrieux, qui, sans laisser de trace,